合同句集

うずみび

金山勝紀 KANAYAMA Katsunori
藤野美奈子 FUJINO Minako

文芸社

まえがき

私と藤野さんとの出会いは、私が代表を務める介護事業会社の文芸部が発行していた「埋火《うずみび》」の誌上でのことである。その「埋火」誌上で初めて目にした藤野さんの俳句のすばらしさに目を奪われた。その句は私の俳句観をがらりと変えるものだった。

これまで私は俳句を上品ではあるが、なんとなく取り澄ましていて敷居が高いと感じていた。ところが、藤野さんの俳句は取り澄ますどころか教養の深さと同時に庶民的なところも感じられて、川柳に親しんでいる私にとって教えられることが多かった。例えば、

『障子貼る破りし猫に見られつつ』

『断れずまたもタケノコ貰いけり』

この二句を挙げるだけでも、作者のやさしさと上品さがにじみ出ている感じがした。こんな句を作る藤野さんとはどんな人だろうと好奇心がわいてきた。そのころ

はまだ直接お会いしたことがなかったのである。

藤野さんと初めてお会いしてその人柄に触れ、ぜひともこの方と合同句集を作りたいと思った。

藤野さんのお宅に伺ってその思いを伝えると、前向きに考えてくださってすぐに具体的に計画を検討することができた。この企画に全面的に賛同し、話し合いにも参加してくださった山口先生にも深く感謝申し上げたい。

金山勝紀

ひとことメモ

俳句と川柳はどう違うのかと尋ねられることがあるので、両者の同じところ、違うところをまとめてみました。

	俳句	川柳
音数	5、7、5	5、7、5
季語	必要	なくてもよい
特徴	旧かなづかい 書きことば	新かなづかい 話しことば
	自然・季節をよむ 切れ字（…や、かな、けり）を多くつかう	人事、世相、風俗をよむ 軽み、うがち、おかしみを盛り込む

目次

川柳 ――待ちわびて……

金山勝紀

待ちわびた春一番やっと吹く

二〇二四年三月一日　人一倍寒がり屋、春がくるのはほんとに待ち遠しい。

得意げに宙返りする初ツバメ

二〇二四年三月十五日。

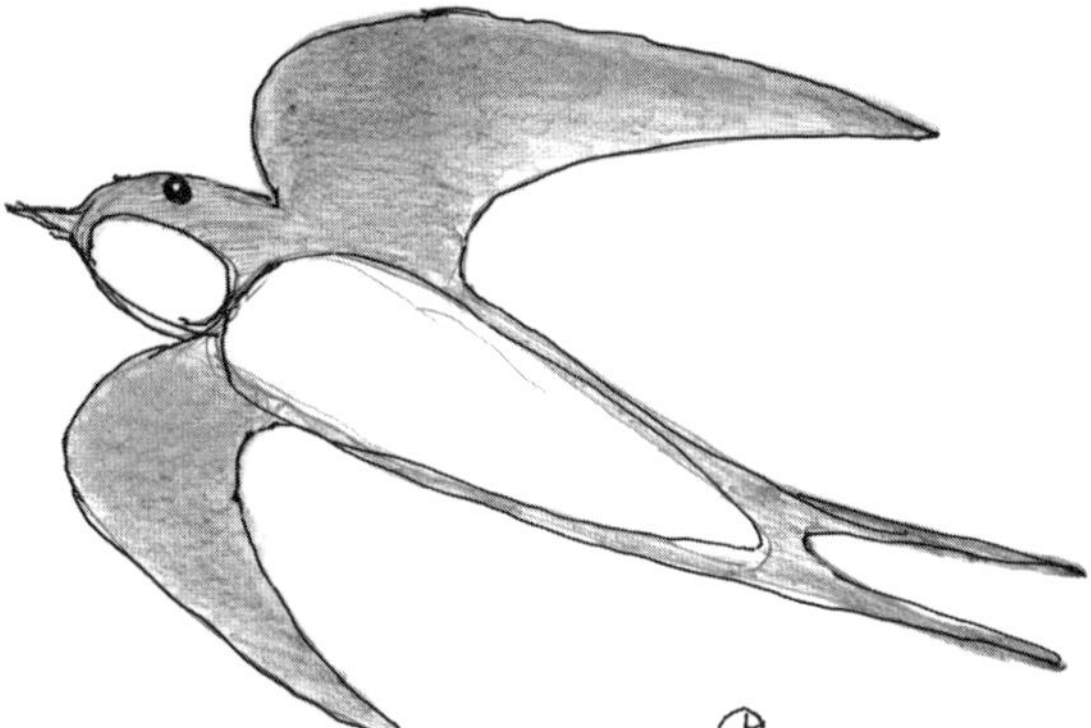

花冷えで冬のジャンパーまた出番

二〇二四年四月四日　三寒四温とは言うけど。

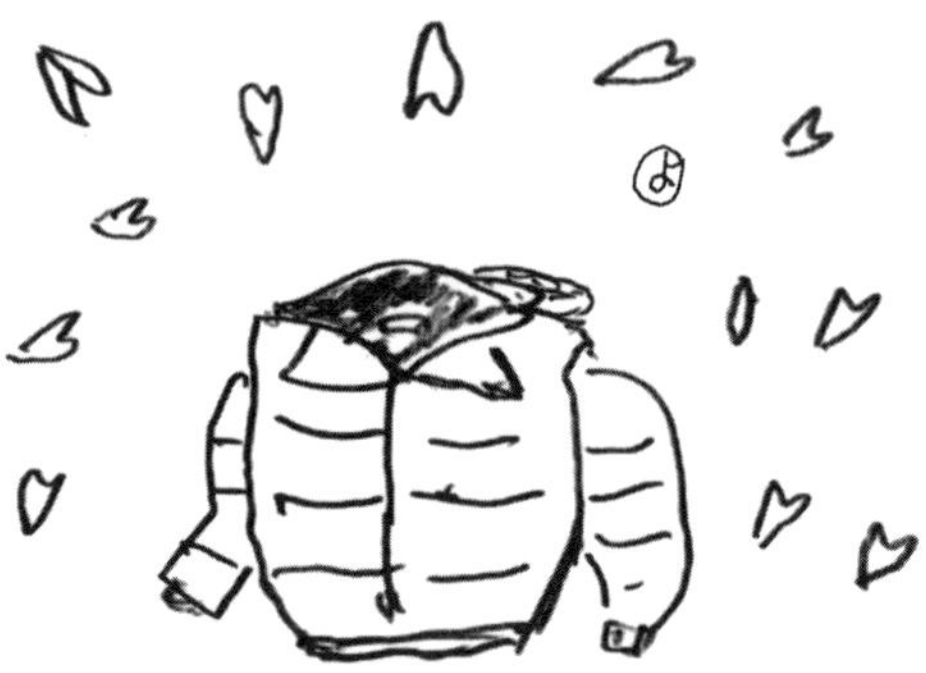

ウグイスの二の声待って立ち止まる

二〇二四年四月六日　あっ！　鳴いたよ。どこで鳴いているかな。

ハナミズキ一枝さげて喫茶店

二〇二四年四月十七日　自宅の庭に咲いたピンクのハナミズキ。

鉢植えのサクラも今は葉桜に

二〇二四年四月十七日　世間より少し遅れて。

こどもの日見かけなくなった鯉のぼり

少子化だけのせいだろうか？

木犀の香り思わず深呼吸

事務所には金木犀。
自宅には金と銀を接ぎ木で同時に花をつける木犀がある。

畦道に命燃やしてヒガンバナ

この花は死を連想させることもあるようだが、
私は懸命に咲くこの花が好きだ。

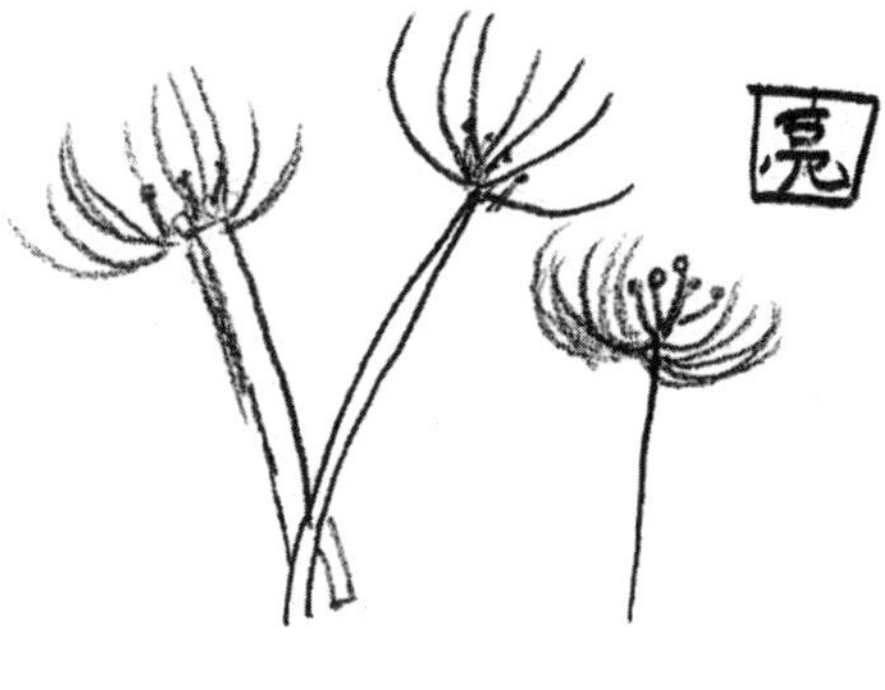

百年に一度の快挙　大社ナイン

二〇二四年夏の甲子園　県立普通高校の大社高校が優勝候補の強豪
校を次々破って。

新車きてその日に脱輪夢だった

悪夢から目覚めたら手に汗を握っていた。

川柳　年を重ねて

金山勝紀

別腹で一時休戦ダイエット

二〇二四年三月五日　食事のあとのケーキ？

床屋さん薄毛割引ないのかね

二〇二四年三月五日　フサフサの人もハゲの人も料金は同じ！

この歳で成長続く太鼓腹

二〇二四年三月五日　とくにたくさん食べるわけではないのに！

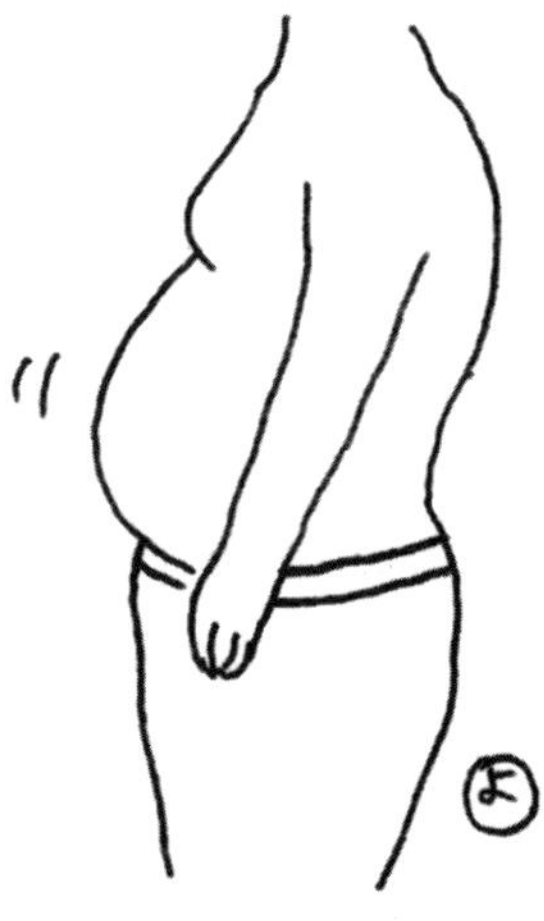

夜トイレ決断の一歩布団出る

二〇二四年三月五日　かなりガマンしてやっと……。

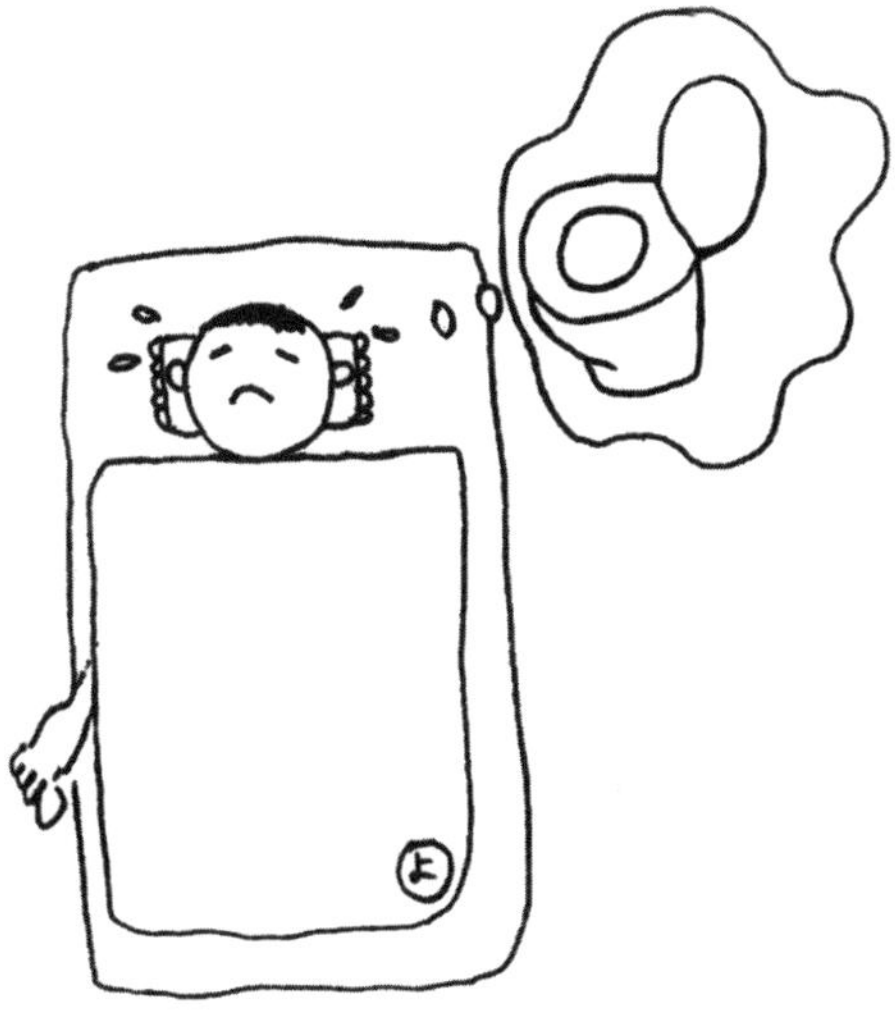

ニット帽似合う歳になっている

二〇二四年三月五日　頭がスースーするのでこれのお世話に。

同窓会病気の話題で盛り上がる

二〇二四年三月十四日　六〇代からボチボチ七〇代からは話題の中心。

この世には居ない役者が主役張る

二〇二四年三月十四日　ほとんどの時代劇で。

あの世から友情出演劇映画

二〇二四年三月十四日　時代劇だけでなく現代もののサスペンスドラマでも。

老い二人二匹の猫と生きている

二〇二四年三月十四日　ペットはネコ二匹、姿が見えないとさびしい。

ありがとうよくぞ頑張るわが臓器

二〇二四年三月十四日　心臓にも胃にも問題をかかえながら。

まだ何があるかわからぬ最晩年

二〇二四年四月七日　いろいろなサプライズがある。
川柳の本を出したことも……。

恩師より老け顔になった同級生

そう思っていたが、或る日鏡の中の顔を見ると自分も敗けず老け顔に。

童心にひと時かえるクラス会

子供時代の武勇伝や失敗談でもり上がる。

断捨離中ん十年前のラブレター

二〇二四年四月十八日　もちろんもらった手紙の束の中に。

あの世へのみやげは出来たさあ生きよう

二〇二四年四月二十二日　『句歌集　ゆずりは』を出版できたので。

転ぶから上を向いては歩けない

九ちゃんには悪いけど。

式服のズボンに腹が収まらない

久しぶりに結婚式に招かれて。

川柳

日々のあれこれ

金山勝紀

押し黙り夫婦のマグマためている

二〇二四年三月五日　爆発すると修羅場に。

あてにして開けてガックリ空財布

二〇二四年三月五日　行きつけのレストランで無銭飲食。

政倫審疑惑深まる茶番劇

二〇二四年三月五日　岸田首相自ら出席してみたものの。

嘘うまく忘れっぽけりゃ即大臣

二〇二四年三月五日　〃存じません〃　〃記憶にありません〃

超ミニにたじろいでいる面接官

二〇二四年三月五日　目のやり場に困って……。

粗相した猫を閉め出し帰り待つ

二〇二四年三月十五日　閉め出したものの自分もさびしくなって。

女流棋士優雅な手つきで石殺す

二〇二四年三月二十日　アマのボク、シラウオのような指に眩惑されて？　女流棋士は元棋聖、本因坊、天元の超一流棋士のお嬢さん。

飲み会の相談すぐにまとまって……

二〇二四年三月二十二日　男はいくつになっても。

資本論手にするだけの満足感

二〇二四年四月四日　ほんとは資本論の解説本。

美人妻もらう方にも苦労あり

二〇二四年四月四日　残念ながら筆者のことではありません。

キックバックサッカー用語と思ってた

二〇二四年四月四日　まさか政界の裏金づくりのかくれミノとは。

いつまでも入ると思うな票と金

二〇二四年四月四日　島根選挙区でこの通りの結果に。

野球好き夢の中では大谷級

二〇二四年四月七日　よく見る野球をする夢、いつでもヒーロー、ちょっとおめでたいのか。

チョイ悪の猫時々は懲らしめる

二〇二四年四月七日　愛猫もワルサが過ぎるとゲンコツを。

裏金もヘソクリならば許せるが……

二〇二四年四月九日　ケタがちがいます。

愛妻家実のところは恐妻家

二〇二四年四月十四日　飲み友達から言われちゃいました。

受験前スケートしたこと気にかかり

金山事務所の句会で職員が発表。「すべる」＝不合格

さあお食べ狸汁にはしないから

金山事務所の句会で筆者が発表。
当時野性のタヌキを飼いならしてエサを与えていた。

自由律もいいけどやっぱり五・七・五

とは言うものの自由律もいい——逆も真なり。

税務署も人の子だからと泣いて見せ

金山事務所の句会で職員が発表。

カタコトの英語が通じて得意顔

筆者の家へアメリカ人の学生がホームステイしたときの回想。

マルクスの学徒も今は社長なり

大学時代のゼミはマル経、社長をしていても信念は曲げない。

川柳を日記代わりに書き留める

二〇二四年四月十七日　日々身辺で起きること。

どうしても言えずに悩む「やめてくれ」

二〇二四年四月十七日　職場になじめず仕事もできない者の処遇に困って。

おもいきり伸びのびをしてベッド出る

二〇二四年四月十八日　朝一番のストレッチ。

劇中で嫌いな言葉「なんでもない」

二〇二四年四月二十二日　自分で言い出して、わけを聞かれると十中八、九この返答。

猫のハナ　チョイ悪だけど憎めない

二〇二四年四月二十二日　家じゅうのフスマを引っかく、後輩ネコをいじめる。だけど、飼い主の行くところどこまでもついてくる。

無礼講信じた俺がバカだった

金山事務所の句会で職員が発表。

嫁ぐ娘にいつでも帰って来いと言う

金山事務所の句会で職員が発表。

宍道湖へハゼ釣りに行って地球釣る

金山事務所の句会で職員が発表。

若き日の交換日記子に見られ

金山事務所の句会で職員が発表。

騒ぐ猫追い出しといて二度寝する

二〇二四年四月二十七日　いくら猫好きでもこうも安眠を妨げられては……二度寝がうまくできれば極楽。

ダラダラと夢見続ける熱帯夜

今年の夏の暑さは格別だった。

若者語　周回遅れで使ってる

ドタキャン、チョウ……、ビビるetc。

「余命幾ばく……」と笑った顔が寂しそう

知り合いの奥様、難しい病気で。

百薬の長を余生の友とする

毎日夕方が近づくと……。

定年後それでも嬉しい日曜日

毎日が日曜日と同じなのに。

読まないがたくさん並ぶ入門書

会社法、エクセル、農業、囲碁etc。

負け碁でも石音で勝つ猛者がいる

気の弱い筆者はこれでやられる方。

草とった誰も気づいてくれないが

せっせと草取りをしてくれる妻の気持ちを代弁して。

俳句

藤野美奈子

捨てがたき片方だけの手袋も

早春賦口遊みつつ青き踏む

灯籠に点火し歌ふ反戦歌

十薬《どくだみ》を挿して鄙《ひな》びし部屋となる

障子貼る破りし猫に見られつつ

更衣《ころもがへ》いくらなんでももう派手か

洗濯物抱へて潜る蜘蛛の網

夜のビール話のはづむ婿二人

断れずまたも筍貰ひけり

小さき手とタッチで別れ盆終わる

米寿来てこれより余生初日記

日向ぼこ動かぬ猫に話しかけ

豆摑みこの世の闇に投げつける

蛇を見てより娘婿先頭に

湯豆腐のくつくつ揺らぎだす夕餉《ゆうげ》

若者の誓ひ頼もし原爆忌

制服の友との別れ広島忌

十六夜《いざよい》や月を見たさに深夜まで

鰯雲日暮れの空にかたまりて

三階にたった一人や星月夜

星月夜もっと聞きたし父のこと

半分づつ娘と食ぶる柿甘し

閉ざされし我が家の庭の帰り花

次々と友の訃報や水涸《か》るる

老うてふはかくあることか冬菫《すみれ》

庭に紅椿《べにつばき》　机上に白椿

娘来るりんごの香連れて来る

雪割草雪の積もりし庭に咲く

失せ物が次々に出て冬うらら

何事もありがとうから冬の朝

牡丹《ぼたん》の芽《め》筆先赤く真っ直ぐに

教え子の手作りあられ雛《ひいな》の日

浅蜊蒸仕上げは芹と酒一滴

桜咲く一週間をありがとう

永らへて曾孫三人つくしんぼ

蒲公英《たんぽぽ》の小さき風に絮散《わた》らす

立ち上がる力の欲しき夏の窓

亡き夫《つま》に会ひし夢覚め昼寝覚め

亡き夫に見せたき夏の曾孫どち

緑風の輝くばかり朝の庭

八雲山大社を前に夏深し

原爆忌昨日の如く甦へる

七十八年被爆の足や原爆忌

風死すや何も動かぬ朝の街

夕焼や皆が集まる西の窓

音もなく上がりて消ゆる遠花火

遠花火孫も曾孫も東京で

減塩の病院食や春の雲

七夕や子供にかへり星かぞふ

消ゆるまで見届けたきや遠花火

観月や卒寿を過ぎし人ばかり

名月や昇り切るまで見届けむ

月照らす出雲の街と日本海

藪柑子《やぶこうじ》千両万両里の庭

赤色を平気で着るやちゃんちゃんこ

柊のかすかな香り朝の庭

神迎へ出雲大社は賑おうて

疎外さる人に寄り添ふ冬日和

すっぽりと白髪かくして冬帽子

お雑煮の我が家の味を継ぐ娘

にぎる手に青き血管寒かりし

眠る子の産着も嬉し初詣

待ってゐる子らに用意のお年玉

雪になれず冷たき雨の降るばかり

こどもの日大人もピラフえびフライ

野も緑山も緑やみどりの日

連休はパパの出番やこどもの日

デイサービスの棒体操や五月晴

更衣《ころもがえ》 明日着る服をハンガーに

おすすめの言葉

このたびは『合同句集　うずみび』の発行まことにおめでとうございます。『句歌集　ゆずりは』に続いて、今度は私どもの「デイサービス暖談」をご利用いただいている藤野美奈子様の俳句と金山会長の川柳との合同句集だそうで、本を手にする前から楽しみで胸がいっぱいです。

今後ともお元気で、第三、第四と発行されますことを願っております。

株式会社ピュアライフ島根　代表取締役社長　今岡八重子

お祝いの言葉

以前担当をさせていただきましたケアマネージャーの日野です。句集発刊まことにおめでとうございます。

私と藤野様との出会いは令和二年居宅支援の依頼からでした。長らく三次市にお住まいでしたが医療機関退院をきっかけにご支援をさせていただきました。

私たちケアマネージャーの仕事の一つに、毎月伺いご本人に面会することが課せられています。藤野様は出会ったころからいつも笑顔で迎えていただき楽しくお話をしてくださいました。出雲市に移られ高齢者施設を利用されるようになってからも、いつもたくさんの方々と談笑されています。

以前、調停委員のお仕事を長らくされていたとお聞きしました。調停委員は社会的に良識があり豊かな経験をお持ちの方が任命されます。この調停委員に選任されたことがきっかけで俳句の道に入られたとお聞きしております。

これからもたくさん素晴らしい俳句を詠んでいただくことを願ってお祝いの言葉

とさせていただきます。

ケアマネージャー　日野徹

おすすめの言葉

このたびは『合同句集　うずみび』の発行、誠におめでとうございます。

今回の句集は「デイサービス暖談」ご利用者の藤野美奈子様との合同句集とのことで大変嬉しく思っております。

藤野様は心優しく、いつも周りの方の事を気遣い笑顔で明るく接してくださいます。

そんな藤野様のお人柄が溢れた作品。季節ごとの風景や情感が詰まった素晴らしさを感じられる、そんな句集だと思い、とても楽しみな気持ちでいっぱいです。

デイサービス暖談　管理者　石橋志保

「うずみび」発行おめでとうございます

川柳と俳句の句集「うずみび」の発行をお祝い申し上げます。金山さんは、年齢的には私の大先輩ですが、私的な友人として長くお付き合いしていただいている方です。「私的な友人」というのは、金山さんが大の囲碁好きで、約三十年前から囲碁を通してお付き合いいただいているのです。

今年（二〇二四年）四月に金山さんが発行されたもう一つの句集「ゆずりは」を読ませていただきましたが、金山さんがこのような趣味をもっておられたのにびっくりしました。身の回りの出来事や時事問題にふれて自分の感じたこと、思ったこと、そしてふるさとの想い出などを、愛情を持ってコミカルに、ある時は批評的精神で表現され、川柳の面白さに感銘を受けました。そして「ゆずりは」の後半には今は亡きお母様の短歌五〇首余りを掲載されていました。お母様の短歌は、深い愛情で家族を慈しみながら必死で生き抜いておられた当時のお気持ちを思い起こさせ、また自分自身の母親とも重ねて読みながら胸を打たれました。

今回刊行された句集第二集「うずみび」には、金山さんの楽しくハッとするような川柳が掲載され、後半には藤野美奈子氏の俳句が掲載されています。藤野美奈子は、実は私の義理の母親で七十歳頃から俳句を始め、九十五歳の今も毎月俳句を同人誌に投稿する「俳句オタク」で、金山さんが所長をしておられるデイサービス「暖談」に、週一回お世話になっています。これがご縁で、金山さんが「今回の句集には川柳と一緒に藤野さんの俳句を載せましょう」と提案してくださいました。川柳と俳句がコラボしたこの句集が、読まれた方を楽しい気持ちにさせるものになれば素晴らしいと思います。

元島根大学小児科教授　山口清次

あとがき

私は広島で小学校、中学校、高校、大学と学校生活を送り、卒業後は定年まで教師を務めました。その後、縁あって三次家庭裁判所の調停員というお仕事をいただきました。その裁判所の判事さんの奥様が俳句の先生だったことからその先生の教えを受けたことが、私と俳句との出会いでした。

三次の江の川の川畔を先生と歩きながら、「こんなのを〝青き踏む〟というのよ」と教えてくださいました。それ以来私は俳句のとりこになって、今九十五歳になりました。

私は今、週に一度、「暖談」という施設に行かせてもらっていますが、その施設の社長の金山様が川柳を作っておられ、このたび、社長さんの川柳と私の俳句との合同句集を作ってはどうかというご提案をいただきました。身に余るお話とは思いつつもお受けしてしまいました。

このうえは、立派な句集ができますように念じています。

最後に、もう書けそうにないと、挫けそうな私を死ぬまで作りなさいと励ましご指導くださる名村先生に感謝申し上げます。

藤野美奈子

著者プロフィール

金山 勝紀（かなやま かつのり）

昭和十五年八月生まれ
同三十四年　出雲高校卒業
同三十八年　長崎大学経済学部卒業
同五十五年　税理士登録
同五十九年　出雲市で税理士事務所開設
平成二十七年十一月　株式会社ピュアライフ島根社長に就任
令和五年九月　出雲川柳会会員
令和六年四月『句歌集　ゆずりは』発行

藤野 美奈子（ふじの みなこ）

昭和四年三月十三日　広島県総領町（現庄原市）にて出生
同年十二月　花酔酒造（実家）の当主であった父親が急逝
昭和二十三年　広島女学院高等専門学校（現広島女学院大学）卒業
中学校教師となる
同二十八年　藤野祐治と結婚
同三十六年　総領町から三次市へ転居
同五十四年　退職（教師生活三十一年間）
同六十二年　家庭裁判所 調停委員（十四年間）
悩み事相談員（福祉二十二年間）
平成十一年　名村早智子先生と出会い、俳句を始める
同十三年　夫・藤野祐治が逝去
同十九年　句集「霧の朝」（小川泉、吉光信子、藤野美奈子）発刊
令和三年　句集「露草」発刊

協力
挿絵　錦織陽子　金山亮花（小学五年生）　金山佳世（小学二年生）

合同句集　うずみび

2025年１月15日　初版第１刷発行

著　者　金山 勝紀　藤野 美奈子
発行者　瓜谷 綱延
発行所　株式会社文芸社
〒160-0022　東京都新宿区新宿１－10－１
電話　03-5369-3060（代表）
03-5369-2299（販売）

印刷所　TOPPANクロレ株式会社

ISBN978-4-286-26146-1